ÉCOLE LIBRE NOTRE-DAME

BOULOGNE-SUR-MER

ACADÉMIE D'HUMANITÉS

AGATHOCLÈS

Tragédie Chrétienne

EN 3 ACTES ET EN VERS

Offerte

Au R. P. Recteur

Constant COUPLET

A L'OCCASION DE SA FÊTE

Yf 12404

25 JUIN 1877

Y+

Lith & Typ. Simonnaire & Cie Boulogne-s-mer.

A. M. D. G.

ÉCOLE LIBRE NOTRE-DAME

BOULOGNE-SUR-MER

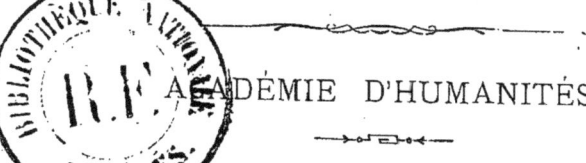

ACADÉMIE D'HUMANITÉS

AGATHOCLÈS

Tragédie Chrétienne

EN 3 ACTES ET EN VERS

Offerte

Au R. P. Recteur

Constant COUPLET

A L'OCCASION DE SA FÊTE

25 JUIN 1877

La Séance commencera à 4 heures après-midi.

APERÇU HISTORIQUE.

DIOCLÉTIEN (284-305) *avait compris, dès les premières années de son règne, qu'il ne pouvait commander seul aux immenses provinces de l'Empire Romain. Aussi, tout en se réservant le premier rang, il partagea son titre d'*AUGUSTE *avec* MAXIMIEN, *auquel il confia l'Occident ; puis, bientôt après, il nomma sous le nom de* CÉSARS *deux nouveaux gouverneurs. Le monde vit alors à sa tête, en Orient,* DIOCLÉTIEN *et* GALÈRE ; *en Occident,* MAXIMIEN *et* CONSTANCE CHLORE, *père du grand* CONSTANTIN.

Treize ans plus tard, GALÈRE, *aussi ambitieux que cruel, avait pris assez d'empire sur* DIOCLÉTIEN, *affaibli par les soucis d'un long règne, pour le forcer à abdiquer avec son collègue* MAXIMIEN. *Comme précédemment, le pouvoir fut partagé entre deux* AUGUSTES, GALÈRE *et* CONSTANCE, *et deux* CÉSARS, SÉVÈRE *et* MAXIMIEN DAIA.

Tout avait réussi au gré du nouvel empereur. Un seul homme le faisait trembler ; il redoutait que CONSTANTIN, *alors âgé d'environ trente ans, et qui avait passé sa vie à la cour de* DIOCLÉTIEN, *ne vint à quitter Nicomédie pour rejoindre son père* CONSTANCE *et recueillir son héritage. L'Occident n'aurait pas manqué de se donner à* CONSTANTIN, *aussi aimé du peuple que de l'armée, et* GALÈRE *dès lors voyait s'évanouir ses espérances de domination universelle.*

Aussi ce prince farouche cherchait-il, par tous les moyens, à retenir CONSTANTIN *près de lui, à Nicomédie, sa capitale ;* CONSTANCE, *de son côté, se sentant vieillir, réclamait son fils. Celui-ci put enfin échapper à la surveillance de* GALÈRE *et pour se dérober à sa poursuite, fit, à chaque relai, couper les jarrets des chevaux dont il s'était servi.* GALÈRE, *dit un historien, en pleura de rage : tous ses rêves étaient détruits.*

Cette fuite de CONSTANTIN *fait le sujet de notre pièce. Nous avons conservé leurs figures historiques à* DIOCLÉTIEN, *à* GALÈRE *et à* CONSTANTIN, *nous inspirant surtout de l'excellent ouvrage de M. le Comte de Champagny.* AGATHOCLÈS *et les autres personnages sont créés de toutes pièces.*

Nous nous sommes permis de modifier l'histoire sur quelques points secondaires : CONSTANTIN, *en effet, ne quitta pas Nicomédie le jour même de l'abdication de* DIOCLÉTIEN ; *et celle-ci eut lieu hors de la ville, et non dans le palais, comme nous le supposons.*

Quant à l'arrestation de CONSTANTIN *par* GALÈRE, *les sentiments bien connus de ce dernier nous permettent de la supposer ; enfin, le stratagème employé par* AGATHOCLÈS *pour sauver son ami ne manque pas d'exemples dans l'histoire.*

On le voit, notre tragédie pourrait justement s'intituler :

L'Aurore du Siècle de Constantin.

La scène se passe à Nicomédie, dans le Palais de Dioclétien.
l'an 305 après J.-C.

AGATHOCLÈS

Ouverture *du Lac des Fées*....... AUBER.

ACTE I
LA TRAHISON
Le Théâtre représente une galerie du palais.

Ouverture *de Gazza-Ladra*...... ROSSINI.

ACTE II
L'ABDICATION
Le Théâtre représente la salle du Trône.

Ouverture *de Zampa* .... HÉROLD.

ACTE III
LE TRIOMPHE
Le Théâtre représente les appartements de Galère.

PERSONNAGES.

———

MM.

DIOCLÉTIEN, Auguste de l'Orient..... Jules Desplanque.

GALÈRE, César de l'Orient .... Léon Dubout.

CONSTANTIN, fils de Constance Chlore
    César des Gaules..................... Louis Dupont.

AGATHOCLÈS, préfet des Joviens,
    soldats de la garde de l'Empereur .... Jean De Nicolay.

FULVIUS, renégat, créature de Galère. Maurice Percheval.

SCRIBONIUS, officier du palais, ami
    d'Agathoclès .... Paul Legentil.

PORTIUS, père d'Agathoclès, gouver-
    neur du palais................... Jules Deschamps de Pas.

MARCIUS, tribun, officier d'Agathoclès. Louis Scrépel.

FLAVIEN, préfet des jeux........... Charles Bonnel.

UN OFFICIER des Joviens .... Henri Boulanger.

LE FILS d'Agathoclès, âgé de 6 ans.... Joseph Bonnel.

GARDES.

PRÊTRES de Jupiter.

CHŒUR DES SOLDATS.

ACTE I.

—

CHŒUR DES JOVIENS A AGATHOCLÈS.

(GOUNOD. — *Faust.*)

—

CHŒUR

En ce jour de fête,
Remplissons, fiers guerriers, les airs de cris joyeux !
Que chacun répète
A notre général nos serments et nos vœux.

—

UNE VOIX

Revenez près de nous, digne fils de Bellone,
Vaillant guerrier !
Que l'on couronne
Son front d'un vert laurier.

—

UNE AUTRE VOIX

Il revient ! contemplez de quel éclat rayonne
Son noble cimier.

—

CHŒUR

C'est lui, c'est lui dont la vaillance
De ses chers Joviens sait enflammer le cœur ;
Quand il commande, l'on s'élance,
Et l'on revient vainqueur !

—

CHŒUR

Son fier visage,
Dans les combats,
Donne courage
A ses soldats ;
De plage en plage
Suivant ses pas,
Nous avons dompté mille potentats.

—

Rangés sous sa bannière
Nous bravons la mort !
Peut-il être sur terre
Un plus noble sort ?
Il nous mène à la guerre,
Et victorieux,
Ses guerriers fougueux
Répètent joyeux :

Son fier visage..... etc.

—

Tremblez ! ennemis des Romains,
Que redoutables sont ses armes !
Tremblez ! ennemis des Romains,
Quels coups affreux portent ses mains !
S'il est le plus doux des humains,
Quand la paix nous offre ses charmes,
C'est un lion dans les combats,
Quand il commande à ses soldats !

Son fier visage..... etc.

ACTE II.

—

CHŒUR DES SOLDATS ET DES PRÊTRES A DIOCLÉTIEN ET A GALÈRE.

(ADAM. — *Si J'étais Roi*).

—

CHŒUR

Des Empereurs chantons la gloire!
De la victoire
Ils sont les fils!
De leur amour, de leur sagesse,
Notre tendresse
Sera le prix.

—

A GALÈRE

Au firmament un astre tutélaire
Jette ses premières splendeurs
Pour éclairer la terre.

—

A DIOCLÉTIEN

Durant vingt ans, un astre salutaire
Sur les humains a versé ses ardeurs ;
Des cieux, en ce grand jour, il quitte les hauteurs.

—

AUX DEUX EMPEREURS

Lumières bienfaisantes,
Vos clartés ravissantes ,
Charment les cœurs et les regards ;
Votre chaleur douce et féconde
Donne la vie au monde
Et chasse les sombres brouillards.

—

UNE VOIX

Que nos aigles victorieuses
Guident nos armes valeureuses
Contre les nations fougueuses
Qui bravent le nom des Romains.

—

Frémissez, peuplades sauvages !
Si vous refusez vos hommages,
Vous nous verrez rougir vos plages
Du sang que versera nos mains !

ACTE III.

—

CHŒUR DES SOLDATS CHRÉTIENS.

(Rossini. — *Guillaume Tell*).

—

CHŒUR

Pour Dieu sachons mourir !
C'est le jour de la gloire ;
A la mort hâtons-nous de courir !
Victoire !
Pour Dieu sachons mourir,
Victoire !

—

UNE VOIX

Séjour de joie et de pure allégresse,
Ouvre à nos rangs tes parvis lumineux ;
Tu ne connais, beau ciel, ni larmes, ni tristesse :
Marchons, volons joyeux !

—

CHŒUR

Marchons, volons joyeux !

—

UNE AUTRE VOIX

Le triomphe est facile.
Ah ! que la terre est vile
A qui la voit des cieux !

—

SOLO, puis CHŒUR

Pour nous Dieu tresse une couronne
Qui du plus pur éclat rayonne.
Au ciel, au ciel levons les yeux !

—

UNE VOIX

Amis ! notre chef nous convie ;
A son exemple avec ardeur
Offrons tous, offrons notre vie !
Mourons joyeux pour le Sauveur.
A la mort ! voici la délivrance !
Remplis d'une sainte espérance,
Fiers soldats, marchons à la mort !
Mourir, pour Dieu quel noble sort !

—

CHŒUR

Oui, chantons notre délivrance !
Remplis d'une sainte espérance,
Fiers soldats, marchons à la mort !
Mourir pour Dieu, quel noble sort !
A la mort ! à la gloire !
Victoire !

AU R. P. CONSTANT COUPLET

(CARAFFA. — *La Prison d'Edimbourg*).

CHŒUR

D'une fête chère
Chantons le retour ;
O bien-aimé Père,
Reçois notre amour.

D'Agathoclès le tendre zèle
Sauve les jours de Constantin ;
Il meurt, à son devoir fidèle,
Il meurt ! fier d'un si beau destin.
Ainsi toi, dont l'unique envie,
Tendre Père, est notre bonheur,
Tu nous redis : A vous ma vie,
A vous mes jours, à vous mon cœur !

Du Christ embrassant la défense
Agathoclès est mort martyr :
Nous imiterons sa vaillance ;
S'il le faut, nous saurons mourir.
Chrétiens, notre Mère asservie
Nous réclame pour défenseurs !
Sainte Eglise, à toi notre vie,
A toi nos bras, à toi nos cœurs !

www.ingramcontent.com/pod-product-compliance
Lightning Source LLC
Chambersburg PA
CBHW061421170626
46811CB00005B/2068